表現叢書第九八篇

歌集

光の中に

木下孝一

現代短歌社

光の中に

目次

縁は今に

光の中に

光の中に

縁は今に

自　平成十九年
至　平成二十年

平成十九年

花壇美し

沈丁花の香りゆたかなる下蔭に木瓜の若木の
花少し咲く

杉花粉予報マップの真赤にて明日はとよむか
春の疾風《はやち》の

春疾風《はやち》代官山の街に吹くけふ来しレストラン
花壇美し

わが少女さやかとえりか立教に共に学ぶにグ
ラス挙ぐべし

「パッション」とふこのレストラン暖炉の火
赤きに骨付き小羊を焼く

をりをりをりに雲は日差しを遮れど辛夷咲き満ち
て白紛れなし

六義園三首

大木の垂《しだ》れ桜の咲きしだれ輝く見れば翳る枝
もあり

垂れ桜しだれ耀ふ花のもと花のめぐりに千人集ふ

昔の遊び

色さまざまみんなの絵が壁に貼りてある教室に今日は昔の遊び

一年生は一クラスのみ少子化の世の教室に招かれて来つ

教室に一年生の声弾《はじ》け「むかしのあそび」待ち兼ねてゐる

老と児《こ》の「むかしのあそび」教室のこちら拳《けん》玉《だま》あちら綾取り

面子《めんこ》する女の子わが傍に来て指でその名を床
に書きたり

あやとりの少しできたる女の子人懐こく傍に
寄り来る

独楽《こま》まはし拳玉腕を振る子らの危《あぶな》く見えて怪
我なく遊ぶ

松阪の旅

同心町と標《しるべ》はありて広からぬ道は御《ご》城《じやう》番《ばん》屋
敷への道

槙垣を高く列ねて囲ひたる御城番屋敷いらか
屋根照る

城跡の石垣の高さ目に測《はか》り立つまなかひにさくら散りつぐ

展示せる『源氏物語覚書き』和紙に雅の言の葉誌《しる》す

本居宣長記念館二首

薬師《くすし》なりし宣長遺品の箱古りて外紙に久須里《くすり》婆古《ばこ》と記せり

格子戸をくぐり入るそこは三畳間暗きに鈴屋《すずのや》の踏段のこる　鈴屋二首

宣長が振りし鈴の音偲ばるれば鈴屋の低き屋根ふり返る

「赤壁百年」と称《たた》へてのこる朱の壁の校舎は遠き日の製図室とぞ　赤壁校舎

伊勢参りの旅人をここに持て成しけむ竈《かまど》列ね
たり土間の暗きに

松阪商人の館二首

戦災をまぬがれし松阪商人の館《やかた》三百年経し梁
仰ぐ

伊能図

雨後《うご》の青葉匂ふばかりの窓明りけふの歌会に
友集《つど》ひ来る

成田空港近きホテルにけふ集ふ歌会といへど
旅情しきりに

ほど遠く夜の空港の明り見えいまし離陸すジ
エット機の灯の

「この一歩から測量の日」と出で立ちし伊能
忠敬五十六歳なりき

ランドサットが撮像せし日本列島と伊能図と
二重写しにし見す

伊能図の日本列島を壁面に仰ぎつつしばし目《め》
眩《まひ》に耐へつ

伊能忠敬の古き住居の開け放つ土間に水路の風吹きとほる

灌漑の水流す樋を組みし橋その名「樋橋《とよはし》」今に遺《のこ》れり

江戸の世に灌漑水を送りたる「樋橋」けふも水流し見す

街の音

娘《むすめ》ふたりに伴はれ来しレストラン庭のテラスのテーブルに着く

花白き紫陽花幾ところにも咲きて風あればテラスのテーブルも良き

街の音が不思議に静かなるところテラスの席
にランチ愉《たの》しむ

難聴の類《たぐひ》かわが声ひとの声きーんとひびく声
にきこゆる

耳に当てて振動快からねど鼓膜のマッサージ
に幾日か通ふ

住所録修正しゐてこんなにも町が市となりし
日本かと思ふ

村が町に町が市となる合併にいまは日本に村
里なきか

いつの間に旅の仲間に逸《はぐ》れしかかかる夢頻り
に見るは何ゆゑ

高山陣屋

郡代が手代がお役目果しけむ小さき古き机が四つ

御用場に置かれし火《ひ》櫃《びつ》真《ま》砂《さご》なす灰均《なら》したり波を描きて

おのづから風吹き通ふ御居間《おんゐま》に近き松の枝松の花咲く

拷問の常なりし世をここに見せて御白洲に十一貫の抱石

この小さき唐丸《たうまる》籠に江戸送りされしおよそは遠流《をんる》なりしか

白川郷

合掌造り集落を抱《いだ》く幾山の彼方に白山連峰見えつ
合掌造りの家とその庭の老松と水田の面に影映したり

ここに遠く見放《さ》くる白き石川原吊橋ありて人
影渡る

白川郷合掌造りの家古りて囲炉裏の火には茶
釜掛けたる

しんしんと雪積る夜を恋ほしめば囲炉裏の燠
の火の色澄みつ

「あま」と呼ぶ屋根裏の部屋板の間に光流れて風通ひをり

上り来し屋根裏に明り障子戸の開かれてゐて水無月の風

屋根裏の暗きに見れば棟木《むなぎ》梁合掌柱荒縄に結ふ

屋根裏の板の間広し蚕飼ふ桑の香のここに満ちゐたりけむ

八月の歌

梔子を濡らしし雨の霽《は》るる庭黒き揚羽の蝶舞ひ出でつ

微かなる耳鳴りわれにありや否や朝のしじまに耳澄ましをり

長崎の原爆の日に歌集『夏の記憶』を友の数多へ送る

「七海もう四年生よ」とさきがけて歌集発送を手伝ひ呉れぬ

娘《むすめ》ふたりと七海が歌集発送の流れ作業す座卓のまへに

核の高度爆発の下二億人の生活圏はなべて死の街

NHK映像「核クライシス」三首

夏八月のテレビは核クライシス訴へて衝撃波イメージの惨

核危機《クライシス》電磁パルスは一瞬に電子機器機能をダウンせしむる

秋の苑

秋ふかき苑にゆくりなく巡り合ふ赤きダリアにカメラを寄せつ

この苑に萱の穂光りゐたりしか妻と歩みしは
二十年むかし

湧水のここにせせらぎとなるほとり破れ傘の
花蓬《ほほ》けてゐたり

秋丁字《あきちやうじ》とその名知りたる紫の花揺れてゐつ水
のほとりに

「浮岳山」山号額を目に読みてくぐる山門は
萱葺きの屋根

犬《いぬ》槙《まき》の大樹の根方竹の柵囲ひて小さき地蔵を
祀《まつ》る

深大寺本堂の右手無患子《むくろじ》の大木の梢に揺るる
実数多

元《ぐわん》山《ざん》慈《じ》恵《ゑ》大師を祀るみ堂まへ金木犀の大樹
花過ぎてゐし

吾妻渓谷

立冬のけふをひとりの旅に立つ車窓に雲の美
しき朝

尋ね来し吾妻《あがつま》渓谷の遊歩道紅葉かがやく山手へ上る

いつの日かダムとなるべき堰堤を仰ぐ高処に穂芒ひかる

渓谷へふかく傾《なだ》るる山の襞落葉を溜めてしんと明るし

谿《たに》の空に風立つひびきもみぢ葉は木の間に光りひかりつつ散る

断崖《きりぎし》を落ち下るほそき滝の水わが渉《わた》る岩の道を濡らせり

谿ふかく差す日に紅葉映ゆるもと瀬波は白し眼下に遠く

両岸の岩の迫間《はざま》の狭き谷鹿の飛びこゆと伝へしは何処《いづこ》　鹿飛橋

断岸のあひ寄る迫間淀みゐて流るるとなく落葉ただよふ

朝寒く日光《ひかげ》のいまだ届かざる漆黒の岩を滝しぶき落つ　不動の滝

風寒き頃

霊園の公孫樹はおよそ散りゐたり妻の七回忌に親族《うから》伴ふ

いやはてに妻が逢ひにし嬰児《みどりご》の春にははやも小学生ぞ

奥津城の寒風のなか妻と来て亡き子に経を誦しし日も過ぐ

古稀まへに逝きにし父かわが歌集『青き斜面』を見ることなしに

妻も子も風寒き頃去《い》にしゆゑけふ墓の辺の身は風の中

法要に集へる義姉《あね》と義妹《いもうと》のふるさと訛亡き妻のこゑ

柚子ひとつ浮かべて独り湯浴みをり妻の七回忌過ぎし冬至を

茜せる夕空に童画描くごとすずかけの実のシルエットなす

平成二十年

冬の苑

すずかけの高枝仰げば実の幾つ残る枯葉とともに揺れゐつ

冬木々の影をひく道少年はローラースケート
に走り去りたり

枯葦の穂は夕影にひかりゐて池の鴨らは岸に
寄り来る

芝原の空に自在にありし凧降ろして親子夕光
に去る

妻も吾も健やかなりし日この苑のコスモス乱
れ咲く丘行きき

夕茜消えゆく空に立つ冬木イルミネーション
瞬き初めつ

萱の穂を組みて明りを点せれば篝火のごと人
を誘ふ

白くライトに映ゆる群像立つ塔の噴水は銀に
金に耀ふ

カナールに沿ふ電飾のつづく道夜となる苑に
この身さまよふ

冬の夜のいちやう並木の電飾の光は青く帰路
を導く

縁は今に

丸の内ビルの高処に君に見《まみ》え因幡の海のさかな食《たう》ぶる

日本海の寒鰤ならむ煮しめたる旨きを酒の肴にぞする

君もわれも工場新聞の委員なりし縁《えにし》は今にかく懐かしき

遠くを見る眼差しに君は語りたり戦後の労働争議のことも

人生の先達にして絵の道に「生を写す」と言ひたまひけり

共に未来を信ずることば交しゐつ卒寿に近き
君と酌む酒

展望室の玻璃へだて品川沖の空機影上昇する
を見送る

よろこびを胸にあたため明くる朝雪は椿の枝
に降りゐつ

雪積む枝

霊岸橋渡りつつ見る運河にはきらめく水に鴨の群れゐつ

節分のけふ降りつもる雪踏みて鬼打ち豆を買ひに出で来ぬ

梅の木に朝降る雪を積む枝のくきやかに白と
黒の線描

如月は確定申告月なれば医療費控除の計算を
する

転勤の哀歓も遠く過ぎにしと年金特別便の記
載確かむ

逝きまして五十年いま読み返す病床の歌は子規に似通ふ　山口茂吉没後五十年二首

『斎藤茂吉全集』の校訂終へしのちいのち尽きましし一世《ひとよ》尊し

冬の潮

野島崎沖のあかつき闇の海イージス艦は波を
截り裂く

最新鋭イージス艦のレーダーに延縄《はへなは》漁船いか
に写りし

イージス艦の船首巌《いはほ》と迫る見て冬の潮に呑ま
れしか噫

イージス艦の舳先は刃《やいば》衝突の瞬時に操舵室海に沈みき

イージス艦の去りし海原漂ふは清徳丸の船底の朱

群青にかがやく冬の海境《うなさか》にまぐろ漁船のふたり何処ぞ

衝突の現場の海か荒潮に注ぐ日本酒水《み》漬《づ》きし
ひとへ
日々淋しきを

バス停よりわづか三分君の住む施設の玄関自
動ドア開く

印象は白く明るき個室なれど君いかに暮らす
雑誌さへ無く

新しき介護施設に入居して花飾るなき君の個
室か

右の手の動かぬ君が左手を振りつつ語る日々
淋しきを

その個室のほどよき広さ窓寄りのベッドへ車椅子を君は操《あやつ》る

後遺症のこる発音吶《とつ》吶《とつ》と君の語るを聞き取り兼ねつ

君を尋ね塩一升を頂きし若狭美浜の入海のほとり

「鶴瓶の家族に乾杯」にいま映《うつ》り縁《えにし》ありし白きセーターのひと

「セーターの白きが私」と便りありし君をテレビに正《まさ》に見にけり

懸案のこと悩みごと少しづつ片付きてさくらの花のとき待つ

郡上八幡

仰ぎ見る郡上八幡城天守閣千鳥破風にはつばめ飛び交ふ

高塀の覗き穴より見通せば城山に木蓮の花挙り咲く

城山のさくら散りゆく方見れば山の狭間《はざま》に街
しづかなり

慈恩禅寺茎草園《てつさうゑん》の林泉《しま》の水に影はゆらめく苔
むす岩の

奥庭の苔の上に木々の影ありて人渉《わた》るなき飛
石を置く

水流の澄みて速きをさかのぼる鯉の群れ膚《はだへ》触れあひ游ぐ

清流に岩あれば渦を巻く水をよろこぶ天魚《あまご》跳ねて水打つ

軒先の水路に堰の板立ててひとは野菜濯《すす》ぐその真清水に

白きつつじ

山口茂吉没後五十年の忌日に、青山善光寺の山口家の墓所、童馬山房跡、青山墓地の斎藤茂吉の墓を訪ねる

春昼のしじまと思ふ御墓辺《みはかべ》に白きつつじは花
咲き闌《た》けつ

先進山口茂吉の五十年忌にて墓前に「表現」誌供へ参らす

歌の縁《えにし》にけふ集ひ来てこもごもに墓石に水を灌《そそ》ぎ参らす

この街の保護樹木とふ樟大樹童馬山房跡近く立つ

蒲公英の冠毛いまだ飛ばぬ日に青山墓地を訪ね来にけり

「アララギ」に縁《えにし》ありし身青山にけふ来て茂吉の墓にぬかづく

アララギの枝は茂吉の墓石に影を差したりみかげの石に

佐倉吟行

天の道理に従ふ謂《いは》れ「順天堂」の堂号に見る
創設の意志

蘭医佐藤泰然《たいぜん》創始の「順天堂」乳癌剔出《てきしゅつ》の記
録遺《のこ》せり

江戸の世の外科医療具の展示品鋸あり異物摘
出器あり

芍薬の雨に打たるる庭見えて佐倉順天堂外科
棟ここは

明治の世に農事試験場の在りしとふ草生のな
だりけふ雨の中

佐倉藩主堀田正倫《まさとも》の住まひなりし玄関の舞良《まひら》
戸《ど》漆塗りとぞ

銘木の鉄刀木《たがやさん》の黒き床柱居間にも格式ありて
厳《いつく》し

ここは佐倉の台地の森に小路《こうぢ》あり江戸の世の
武士住みけむ処

青葉隠りに武家屋敷の古き藁屋見え雨上りつつうぐひすの声

母の記憶

梔子の花白く雨に咲く見れば職退きてのち十年過ぎにき

たらちねの母の十三回忌ゆゑはらから老いてけふ集ひ寄る

亡き母の記憶あらたなり少年のわれは防空壕に共に潜みき

照空灯の光の条《すぢ》に捕捉されB29は高き空を渡りき

空襲に下宿焼かれし学生のわが流離《さすら》ひし村は
何処《いづこ》ぞ

空襲にいのちあり逃れ来しわれは母に逢ひに
き青田のほとり

母のベッドの傍《かたへ》の床に眠りしか森の青葉の闇
を思ひて

渚歩みき

敦賀、武生、鯖江と特急「しらさぎ」の停車
するたび追憶の波

車窓より鯖江駅前広場見え若き日の外食食堂
はなし

外食券使ひて高粱飯を食《は》み戦後貧しかりし学生の日々

いまは芦原温泉むかしの金津駅義兄を葬《はふ》るとけふを降り立つ

亡き妻のふるさとの海は凪ぎわたるけふ梅雨明けの近き曇りに

妻となる君に逢ひ君のふるさとの海の渚をともに歩みき

結納ののちに東尋坊をたづねしか日傘差し互《かたみ》に母もいましき

亡き妻の御祖《みおや》らがここに眠りいます海近き丘のみ墓辺に来つ

日本海の冬潮白刃《しらは》なす浪を義父を葬る日妻と見にけり

風熱く

オリンピックを誇示し光の波は湧く人海戦術に科学の粋に

地震《なゐ》もテロもしづまれと花火打ち上り北京の
夜空雲を赤くす

「鳥の巣」とふ国家スタジアム上空の花火よ
光の噴水は湧く

「百年の夢」叶《かな》ふオリンピックとぞナショナ
リズムの風熱《あつ》く吹く

三十六歳の朝原がアンカー走り遂げ歓喜にバトンを天に投げあぐ

夢の空間走り遂げしと銅メダルリレー走者の息あらく言ふ

八・一五の歌人の集ひにけふ聞くは少年兵四十二万の無惨

オリンピックにメダルを競ふ若き見れば忘れ
めや少年兵の面影

子規庵

正岡子規の三食間食の記録見れば菓子パン煎
餅好みなりしか

終焉の間の畳の上《へ》ふとんより身を起す子規の写真パネル置く

刳《くり》貫《ぬ》きの顕《あらは》に子規の文机は「終焉の間」にひそけく遺《のこ》る

病める日の子規の視線を偲びつつ糸瓜の棚のへちま見上ぐる

子規庵の糸瓜の棚の葉洩れ日は傷みの著き濡縁に差す

乾《ひ》涸《から》びてへちまの幾つ置かれたる濡縁に秋の暑き日届く

正岡子規絶筆三句の碑の前に鶏頭の三つ四つ立ちをり

金線草《みづひき》の幾ところにも戦ぎゐて庭のそここ
蚊遣燻《くゆ》らす

白木槿

楓の枝見ゆる窓辺に原阿佐緒の文机あり細き
硯を置きて

原阿佐緒を思ふ古泉千樫の文冬ふたたびの大雪記《しる》す

原阿佐緒の描きしは髪に薔薇を挿す美しきひと自画像かとも

セピア色の写真に美しかりしひと原阿佐緒人《ひと》生《よ》の哀しみを秘む

歌集『死をみつめて』を編みしその思ひ諾ひて原阿佐緒記念館出づ

原阿佐緒の一世《ひとよ》を知りて出づる庭花の乏しく杜鵑《ほととぎす》草咲く

原阿佐緒の歌集ゆかりの白木槿秀つ枝に見えて残り花あり

原阿佐緒の奥津城尋ねゆく道に栗のこぼれ実
ひとつ拾へり

原阿佐緒眠る墓丘の草もみぢ春は蕨の萌え出
づるらむ

満天星

人生の歩みを詠《うた》ひ来し誇り壇上に少し上気して言ふ　　優良歌集賞受賞

花束を抱きたる身を正しゐつ友あまた祝ひ呉るる写真に

師の教へ友との習ひ「表現」の四十七年おろそかならず

人生の歌を語らむ三時間講師われにいま体力ありて　葛飾区短歌講座

求道に似たりと大自然を詠む思ひ氷河の歌を例に語りき

わが短歌講座を受講せしひとり障害者手帳見せ話し掛け来つ

障害を持つ身に何か習はなとわが短歌講座聞きしとぞ言ふ

けふの講座終へたる我はエレベーター降りて黄葉散る前庭に出づ

子の逝きし秋よりすでに三十年か満天星朱《どうだんつつじ》に
もみぢす

剪定を重ねて胸の高さなるどうだんつつじの
垣のもみぢよ

砂の詩

加藤智津子写真展
ギャラリーコスモス　下目黒谷本ビル３Ｆ

ここは小さきビルの三階ギャラリーにサハラ
砂漠の写真展見る

風紋の波かぎりなき砂丘に一木立つ翼《つばさ》拡げし
に似て

砂の上に影引きて若き木のみどり大地に生を
享けしを写す

家幾つ流砂に失はるるといふ砂漠の砂を這ふ
虫のあり

日本の空のごとうろこ雲見えて砂漠に風紋の波かぎりなし

風紋の影は波打つ砂の上《へ》に髪のごとほそき草の根這ひつ

褐色の砂丘を上りゆく駱駝残す足の跡少し乱れて

稜線が左右を分つ砂の道片方《かたへ》は風紋あらき斜面《なだり》ぞ

ひとり砂漠を旅する女性の写真展「砂の詩」を見てその著書も買ふ

石蒜

今の世に予測つかぬと黄の色の彼岸花詠《うた》ひ眠り給ひき　悼新迫重義氏

石蒜《せきさん》に亡き父母《ふぼ》思《も》ふとうたひしが病ひは君の刻《とき》を奪ひし

死はそこに来しかの思ひ切実に詠ひし君を救
へざりけり
「表現」を心のよりどと詠《うた》ひしか君ひとすぢ
の道全うす
意識なく眠れる妻を残しきて君は癌切除の手
術受けしとぞ
石塚崇市氏

ああけふは冬至なりしと思ひ出で柚子買ひに
行く夜風の街を

杉原谷の道

平成二十一年

平成二十一年

美術作品　自由学園美術工芸展

色さまざま水風船の団栗を慧君《けいくん》はもみぢの枝に結べり

木片を組みて等身大人形かロボットか七海《ななみ》の
美術作品

草色の針金捩《ねぢ》り造りたる飛蝗《バッタ》は慧君の美術作
品

木造の象さん像を跨ぐがの大ブリッジは子ら
招き呼ぶ

校庭に男子部が架けしブリッジを七海も慧も
駆けのぼりたり

過ぎし日々

勤めゐし日の思ひ胸に渦巻きて企業の人員削
減を聞く

大樹とも大船とも思《も》はず勤めたり誇り持ちゐたり過ぎにし日々に

映画「日立その名の下に」の一カット撮影に若きわが立ち会ひき

昭和そして戦後の記憶ゼネストがマッカーサーの声に潰《つひ》えし

稿ひとつまとめ終へたる安らぎに天童荒太の
『悼む人』読む

雛の日の夕べとなりて降る雨のいづれは雪と
いふ予報にて

ほんの少し雪降りたれば木瓜の花その朱のい
ろいよよ潤ふ

みなとみらい

春といへど風寒き朝発令す弾道ミサイル破壊
措置令
飛翔体発射と伝へ誤探知と伝へて浮足立つか
日本

吹く風に雪柳白く光乱しここより近し「みなとみらい」は

ランドマークタワーへ動く歩道ありソーラー発電導入といふ

眼下《まなした》に見れば観覧車も歪《いびつ》にて辺《ほとり》にミニチュアのごと駐車群

眼下の運河は海へ続きゐて岸辺の桜おぼろに
白し

港湾を隔つる陸《くが》にそそり立つ風力発電の白き
風車は

けふの集ひに自己紹介の進む頃富士のシルエ
ット西窓にあり

有松・瀬戸吟行

江戸の世より今に受け継ぐ工《たくみ》の技《わざ》鹿の子目結《めゆ》
ひの手捌きあはれ

針台を膝に挟みて坐るひと鹿の子絞りの括《くく》り
技見す

鹿の子絞りの目結ひの技か針先に布移しつつ
括《くく》り糸結ふ

江戸の世の家《や》並《なみ》残りて大屋根と卯《う》建《だつ》のいらか
影は波打つ

絞り問屋主《おも》家《や》は塗《ぬり》籠《ごめ》造りとぞま昼を大戸しん
と閉ざせる

店《たな》いづくも軒の暖簾《のれん》は「ありまつ」と文字染め抜きし絞り染めなる

磁祖加藤民吉ここに生《あ》れしとぞ石碑《いしぶみ》ありて柞《いす》の木育つ

しろじろとさくら散り敷く石の段《きだ》百段を踏む窯神《かまがみ》神社

窯神のみやしろの空にかがやきてさくらは風にひたすらに散る

道源寺坂

六本木一丁目へ地下鉄出づる苑枇杷の実たわわビル風に揺る

ビル風と思ふ風吹く泉通り横切りて道源寺坂
を尋ねつ

道源寺坂沿ひにつづく塀覆ひ繁る蔦の葉風に
騒げり

道源寺坂下り来て見る塀の蔦老いたる松の幹
包み伸ぶ

道源寺坂下りしあたり古りし町高層ビル傾きくるかと仰ぐ

道源寺坂の真中に立つけやきビルの玻璃面に影を映せり

二股の幹を丸太に支へ立つ樟大樹に風のこもる初夏《はつなつ》

桜並木は青葉の風のかよふ道馬鈴薯畑のあり
し日遠く

霊南坂へ歩みつつ聞く小麦畑の彼方に海の見
えし処《ところ》と

先進山口茂吉の散策せし岡の海見えし道いま
はビル街

川越曲水の宴

曲水の宴参宴のひと集ふ養寿院本堂に読経閑《しづ》けし

養寿院の庭の樹立の邃《ふか》ければ日照雨《そばへ》にひとの濡るることなし

山百合の咲くほとりにて遣り水の流れに黄金
の鯉ゆらめけり

雨霽れし木洩れのひかり曲水のほとりの青き
苔を照らせり

雨霽れし青葉はかをる水の辺に歌人《うたびと》の狩衣《かりぎぬ》姿
雅《みやび》に

棹さして稚児の導く流觴《りうしやう》は鴨の舟の上《へ》金色《こんじき》の
盃《はい》

その小さき白足袋を露に濡らしつつ稚児は羽《う》
觴《しやう》の行方正せり

稚児の導く流觴漂ひくるいとま君婀《たを》やかに短
冊を取る
結城千賀子氏

歌人の一觴一詠を解説し君の声涼し水のほとりに　橋本喜典氏

時の鐘

蔵造りの町並の少し東にて時の鐘の古りし櫓《やぐら》聳ゆる

時の鐘の櫓支ふる太柱幾世を経たる罅《ひび》割れを見つ

時の鐘にのぼる梯子の急勾配やぐらの門をくぐり来て見つ

時の鐘のやぐらの下に蕺草《どくだみ》の生ひゐて川越小唄の碑あり

無言館再び

坂を上り来し汗拭きて歩み入る無言館の熱き
空気の中へ

油彩かすれ飛行兵立像のそこに待つ無言館の
扉再びひらく

噫ここに時止まり言葉絶えしかな戦没画学徒
の遺作並ぶ壁

天窓ゆ光は差せど無言館の空気の重き中に時
経つ

帽子かむる若き面影自画像を君は遺《のこ》しき海に
果てにき　池本清一郎氏

自画像と仁王像とを遺したり暗き色調に眼《まなこ》怒るを　伊藤守正氏

芸術の前に跪《ひざまづ》くとふ走り書きスケッチブックに永久《とは》に遺しき　中村萬平氏

「限りなき愛を…」と鉛筆の文字遺し机に突伏しし自画像あはれ

仰ぎみるドームの天井にひしと並ぶ戦没画学徒の顔《かんばせ》あまた

血塗られし画布を象《かたど》るモニュメント青葉風立つ丘に目守りつ

朝の光に

目《め》覚《ざま》しを使はぬ目覚め朝の五時今朝よりラジオ体操会ぞ

けさ目覚めて思ふは体操会のこと衆議院けふ解散のこと

朝の光に体操をする喜びよ胸反らしバランス崩すなどして

夏やすみ体操カードに出席の判貰ふ子供ごころになりて

夏休みの七海に選ぶ無言館へ少年少女歩む表紙絵の本

嫁ぎたる長女に電話する妻の或る日の声は光るさざなみ　回想二首

ポピーの花に風吹く幸福駅のあと妻とえりかが軌条渡りき

晩夏の街

朝五時に起きて朝飯《あさめし》前のこと高枝鋏に藤の蔓切る

決心して朝ひとときの庭仕事這ふごとく膝つきて草取る

狭庭辺に生れて稚き飛蝗《バッタ》たち草むしるわが手もとより飛ぶ

パスポート申請に十年ぶりに来し径《みち》に晩夏の街路樹の影

パスポートセンターを訪《と》ふ道筋に十年前のわが影を追ふ

パスポートにのこる記録よ弥終《いやはて》の妻との旅は北欧なりき

新しき明日への期待投票を終へし身は少し颯爽として

壊滅的ドミノとふ見出し選挙記事台風迫る朝を読みつぐ

紅葉《もみぢ》散る吾妻渓谷行きし日に八ッ場《やんば》ダムその未来図を見し

八ッ場ダム工事入札延期とぞダム未来図は霧に翳りつ

生ありき

台風は南方洋上を過ぎしゆゑ百日紅のあかき
花散り残る

組閣人事のテロップ流るるテレビにて松坂復
帰の力投を見る

唐突の知らせ昨日けふあひ継ぎて義兄逝き義弟重篤ときく

海蒼く東尋坊の断崖《きりぎし》を仰ぐ船の上君若かりき

西徳寺落慶法要の日の君は爽やかに住職の威厳もありき

去年の夏訪ねし日義兄《あに》は隠居の身安楽椅子に
語りゐましき

新幹線の夢東洋の魔女の技伝説の世にわが生
ありき

けふ文化の祭り彩る君の絵に美とそして夢と
力とを見つ

野田一民展三首

アウシュヴィッツの闇に果てにし人、人の身
は骨となり燃ゆる目差《まなざし》

障害の徒《ただ》ならぬ身に絵筆とり眼《まなこ》のひかり描き
つぎたまふ

秋のいろ

丹のいろの仁王門くぐりたるところ楓樹《ふうじゆ》のもとに石段くだる

本堂の横手へ誘《いざな》はれ来し道べあぢさゐの剪定ゆき届きたる

秋ふかみ藤棚はほそき莢を垂り虚空に蔓の伸びきりてゐつ

本土寺の林泉《しま》に古りたる藤の棚莢果《けふくわ》ほそきを
あまた垂らせり

苑池の浮萍《うきくさ》ただよはせゐるほとり日当る石《いは》に
黒猫来《きた》る

大寺の裏手の藪の小暗きにひしめきて立つ竹
は真直《ます》ぐに

杉原谷の道

山口茂吉のふるさと、兵庫県多可町加美区清水（旧杉原谷村）を訪れ、山口茂吉の生家、墓所を尋ねる

篠山《ささやま》の幾つ雑木の山過ぎて杉群茂る里に出で来つ

播磨い行く皆を嘉《よみ》せむと詠みまし師の思ひ
胸に抱き来にけり

杉原川流るる峡路《かひぢ》しづかにて山口茂吉のこ
こがふるさと

師の先師のふるさと杉原谷の村歌のえにしに
けふ集ひ来つ

丹波なる篠山わたり過ぎし村杉原和紙のみなもといふ

紙を漉《す》く村は「清水《きよみづ》」の名を残し川原の石も碧《あを》く磨かる

アララギの木に守らるるごとく建つ山口茂吉の歌の石碑《いしぶみ》

紅葉明りに山口茂吉の歌碑ありて台座の石《いは》の
苔も美《いつく》し

曇り日の杉山の木々しづまりて初雪の峯降り
したりしと聞く

ここが山口茂吉の生家枝豆の熟《う》れしが畑の幾《いく》
許《ばく》占めて

新妻を伴ひし日もこの小さき文机は君の部屋
にありけむ

雲門寺の在る山の辺へ曲りゆく道にせせらぎ
を渡る橋あり

雲門寺訪ぬる道辺秋闌《た》けて石垣は草のもみぢ
を綴る

この村に山口茂吉の歌柱立てたまひたるひとを尊ぶ

杉原川水辺に蛍光る夜をこころに持ちて歌柱訪ふ

このあたり村の真中《まなか》か田原貫《ぬ》きますぐに白く道の交はる

杉山の小嶽をここに真面《まおもて》に見つつしみじみ空ひろき村

刈株を起こしし土の色見れば杉原谷に秋ふかみたり

おだやかに豊かにひとの住む村か冬は降り積む雪深くとも

手を振りて村のひととも別れゆく山口茂吉の
ふるさとの道

平林寺

志高くあれとふ謂《いひ》の文字「凌霄閣《りようせうかく》」の扁額仰
ぐ

極まりし紅葉《もみぢ》あかりに山門の仁王の御手ひかり満ちたり

赫《かが》へる紅葉の木の間仰ぎみて山門の茅屋根広く苔むす

松の枝に楓もみぢに金色の光降らせて喬《たか》き銀杏樹《いちやうじゅ》

弁財天を島に祀れる池あれば水に映りて紅葉《もみぢ》かがよふ

杉大木並び立ちたる下蔭に坐禅燈籠い並ぶところ

御霊屋《みたまや》へ参道しんと真直ぐに続けり大杉の並み立つもとに

訪ね来てここは武蔵野野火止めの平林寺溝落葉溜めゐつ

薔薇の実

入念の油彩の如き朱のいろ散りし柿の葉あした掃き取る

枝先に薔薇の実青きひとつあり赤きひとつあり風に揺れつつ

高齢者医療制度は如何になるやニュース無きまま年暮れむとす

政権は変はれど後期高齢者わが医療費は増加の兆し

ほどほどの老視に飾りとも見えて洗濯機操作
ボタンの点字

「良いお正月迎へられます」と言ひくれし女
医の言葉はけふの倖せ

光の中に

自　平成二十二年
至　平成二十三年

平成二十二年

風邪の子

負《おん》ぶさるるをよろこぶ仔犬トイプードル七海《ななみ》の
肩に前脚掛けて

書き初めに「言葉使い」と大書する七海の様《さま》
を息詰めて見つ

元日の昨夜《きそ》はマジック見せくれし慧《けい》君起きて
来ず熱の出でしと

慧君がインフルエンザの寝正月隣室にわれは
マスクはなさず

風邪の子にパソコン室を占拠されわれは手書きの執筆始む

冬日

親方日の丸の翼《つばさ》地に墜《お》つるゆゆしきを冬の空の夕映え

何といふ言ひ草思ひ上がりかとテレビに見て
また新聞に見る

けふ少し我は気難しくなりゐしか夕べパソコ
ンにて議事録作る

年配の小母《をば》さんにたやすく追ひ越され少し切
なくなりて歩めり

電話に聞き手紙に読みて退会のことばは老の
嘆き伝ふる

リモコンの「おしえて」釦《ボタン》押して知る外気温
一度霙降るらし

積もるほどに降らねば雪に濡れし枝光るその
枝《え》に白梅の咲く

枯芝にひとはけの雪芽生えゐし草の青きもけさは凍《し》みたり

茂吉を偲ぶ

斎藤茂吉を語る縁《えにし》に半生に近く逢はざりし君に見《まみ》ゆる

加藤淑子氏五首

「表現」に君在《いま》しし日わが詠《うた》ふ妻の病ひを案じたまひき

両茂吉の師弟の絆克明に綴り続けし日月尊し

君の著書辿る思ひにけふ君の語る「素顔の茂吉」をぞ聞く

秘め事は秘め事としてけふ君の語る事実に茂吉を偲ぶ

『警邏線』開けば広島の惨禍の歌弟はここに死にしかと詠む

悼宮田定氏二首

指紋採取の歌もありしか警棒に光る出刃敲《たた》き落しし歌も

新電波塔

勤労動員学徒にて日に夜に通ひにし道尋《たづ》ねけふ押上に来つ

大空に伸びゆく塔のいただきに三基のクレーンブーム突き出す

天辺《てっぺん》に角《つの》のごとクレーン踏ん張らせそそりた
つ東京スカイツリーは

天《てん》辺《へん》のクレーンブームが吊る部材輝く塔に沿
ひ上りゆく

西十間橋より見れば川の面に冴え冴えと電波
塔の投影

B29に焼き尽されし街ならずや東京スカイツリーここに建ちゆく

夜勤明けにこの川のほとり歩み来て兵立つ歓呼の声をききしか

機械にて指はさみ爪を潰《つぶ》したり昭和二十年冬の夜勤に

わが怪我の指包みくれしナースの手大空襲の
のちは見ざりき

ポンペイの遺産　横浜美術館「ポンペイ展」

ベスビオの山青く空広き下崩《く》えし神殿へ妻と
歩みき　回想三首

パラソルさしわが前を行く妻なりきポンペイの崩えし石壁の街

ポンペイの遺跡の街に陽炎《かげろふ》の立つか日盛《ひざか》りの道白かりき

「ポンペイの遺産」とふ写真集に見る公共広場《フォルム》は吾も旅に写《うつ》しき

春寒き横浜に来てけふ見るはポンペイに発掘されし壁画ぞ

火山灰の底にポンペイの廃墟ありき家々に神を祀る壁画も

愛の神クピドの遊ぶフレスコ画ポンペイの死の街に遺《のこ》りき

遊ぶ、働くクピドの壁画ポンペイの灰の底よ
りの再びの生

浴室を飾る海豚《いるか》のモザイクにポンペイの遠き
繁栄を見る

ウェヌスの湯浴みを彫《ゑ》りし桶遺《のこ》る昼の入浴に
貧富なかりき

氷見の旅

立山の頂あたり湧く雲に紛れず雪の残る輝き

越中国司大伴家持の住まひけむ伏木を過ぎて
磯回《いそみ》うるはし

立山の連山雲に隠ろへば富山湾へだて雲のつらなる

波洗ふ男岩《をいは》女岩《めいは》の果てとほく紺青の海を白き船ゆく

大敷網発祥地とふ氷見の浜夕凪の頃訪ねきたりぬ

縄文の世に漁《すなど》りてひと棲みし洞穴ふかく祠《ほこら》鎮まる

勝鬨をあぐるかと見え日の昇る耀ふ海をゆく漁船《いさりぶね》

海の上の靄立つところ太陽は昇らむと少し歪《いびつ》に見えつ

布施の海と大伴家持の詠《うた》ひたる十二町潟に牛蛙鳴く

うすべにの空木の花の咲くほとり蓮池は蓮の花に早くて

水郷の公園なれば四手網《あどごや》小屋を点景として葦生ふる水

磯の上《うへ》のつままと家持の詠《うた》ひけるタブノキは
氷見の町の木といふ

原爆図

丸木美術館の丸木位里・俊描く原爆図、あわせてOKINAWA
展を見る、沖縄戦終結より六十五年なり。

栗の花濃く匂ひたつ畑過ぎて丸木美術館へ道広からず

人間が炎のなかに死ぬ姿水墨の筆に描き尽したり

丸木位里の水墨の筆戦場の火と流血をくれなゐに描《か》く

誰もみな手首垂れたる幽鬼の相死の淵へ群が
りいゆく歩みぞ　幽霊

ただ一人火傷《やけど》もなくて眠りゐしみどり児は母
の胸失ひき

みどり児を抱きて火群《ほむら》の中に立つ母を観音像
のごとく描《ゑが》きし

末期の水求《と》めにしならむ逃れ来しここの浅瀬に水漬《みづ》き果てたる　水

原子野と名付けたる絵は広島の荒野に髑髏《されかうべ》ひしめくを描《か》く　原子野

広島に黒い雨降りやみしとき空の暗きに虹たちしとぞ　虹

丸木夫妻の描《か》きはめたる原爆図われは巡礼
のごとく見回《みめぐ》る

沖縄戦の図

沖縄戦果てて六十五年かと洞窟《ガマ》の集団自決図
仰ぐ　　集団自決二首

あはれ岩窟《ガマ》の内は集団自決の場ある者は光る
利鎌かざしつ

逃る道なき断崖《きりぎし》を投身の影い次ぎけむ青き
潮へ
沖縄戦の図

喜屋武岬の断崖《バンタ》に蝶の群れ飛びき鉄の嵐に人
は果てにき
沖縄戦—きやん岬

はやぶさの帰還

小惑星探査機その名「はやぶさ」は七年暗黒の宇宙飛びしか

探査機「はやぶさ」地球へ還る大気圏に火の流星となりて散華す

大気圏突入のとき「はやぶさ」が終《つひ》のたまゆら地球写《うつ》しき

小惑星イトカワの石採取せしや探査機はやぶさ流星消えつ

「はやぶさ」の火の束となり燃ゆるとき一筋光曳くはカプセル

広大なる砂漠にパラシュート着地せしは探査
機はやぶさの一つカプセル

夏熱き

熱帯夜明けて風無き公園のラジオ体操会にわ
が来つ

ラジオ体操始まる六時三十分いつも電車の轟きが過ぐ

部活とふ鍛練より帰り来し少女ひんやりスカーフ首もとに巻く

アベリアの花蔭の水波立たせひとの足音《あのと》に鯉の群れくる

地の上にまだ命ある蟬拉致せむと蟻が来る雀の子らが飛び来る

「過ちは繰返しませぬ」と刻みたる石碑《いしぶみ》に八月六日のひかり

平和の鐘鳴り澄むを聞き夏熱《あつ》き原爆の日の黙禱捧ぐ

永き夏

けふは処暑といへども朝熱《あした》くして百日紅の梢
戦ぐともなし
庭木々に蟬騒がしき夕暮れを風に吹かるる烏
揚羽は

庭木々に水撒けば水にたつ虹のひかりを逃れゆく蜂幾つ

「8・15を語る歌人のつどひ」とふへ蟬鳴く樹下の道辿り来ぬ

水筒の冷たき水を飲み干して八月十五日を語る声きく

地下鉄を出でし炎昼まなかひに歌舞伎座は全《また》
くシート覆へり

長寿者の行方不明の数多とふ謎は深まる平和
日本に

人は死して年金残すとけさ見たる漫画あまり
にも哀しき事実

炎暑はや治まれと願ふ列島に政権争ふ絶叫伝ふ

斎藤茂吉を語る

結城千賀子氏講話五首

丹念に君は調べて箱根路の地図に茂吉の歌記しけり

健脚の斎藤茂吉草鞋ばき箱根の山に汗を流しき

明神岳に登りし茂吉山中にレインコート羽織り昼寝せしとぞ

虹こそは茂吉の歌のモチーフと君の解説を諾ひて聞く

「雲は大きく豁にしづみぬ」の碑の写真傍へ
に講話は佳境に入りつ

少年の金子阿岐夫が朝々を茂吉にご用承りき

金子阿岐夫氏講話五首

哲学を学べよと金子少年に茂吉は禅問答の如
く奨《すす》めき

口伝のごと金子氏が茂吉に教はりき「自分の土俵で論争しなさい」

精神科医斎藤茂吉の医の理念　患者の言葉にゆめ逆らはず

日々茂吉の独り言ききし君もまた医者になりそして歌人になりき

茂吉のふるさと

けふわれは斎藤茂吉のふるさとへ新幹線の
「つばさ」に乗りつ
最上川をうたひ蔵王の山おもふ茂吉の『白き
山』をわれは尊ぶ

この道をわれも行くべし「写生道」茂吉の書になるモニュメントあり

楕円型の卓袱台《ちゃぶだい》を勉強机とし茂吉は使ひき足継ぎたして

永眠の夜に型どりしデスマスクひかりは閉ぢし瞼《まなぶた》に差す

「大根の葉にふるしぐれ」の碑の辺《ほとり》うねる白萩に黄の蝶の舞ふ

コスモスの花乱れ咲く庭ありて茂吉の生家カーテン閉ざす

金瓶の村の小学校尋ぬれど童《わらべ》の茂吉想ひみがたし

金瓶の村にけふ来て桑の木をまして蚕《かふこ》のねむりなど見ず

月山遠く蔵王を近く望みつつここに沈黙の茂吉ありけむ

鳥威しの鉄砲ときに轟きて稔り田つらぬくひとすぢの道

『赤光』の「死にたまふ母」思へらく葬り道
べに草は長けたり

葬《はふ》り処《ど》の跡とふ真砂敷くほとり彼岸花の芽稚《をさな》
きを見つ

大石田

冬の日も蚊帳を吊りける茂吉大人《うし》空気動かぬしづけさに居し

聴禽書屋の庭の象徴《シンボル》そびえ立つ桂大樹は白雲を呼ぶ

大木の桂の繁み戦ぎつつ夕翳りつつ鳥の声あり

乗船寺のここにも茂吉の墓ありて尾花の陰に
踏む石の段《きだ》

乗船寺の釈迦涅槃像拝《をろが》むとまつはる藪蚊に刺
されつつをり

藁《わら》沓《ぐつ》を履ける茂吉が最上川辺歩みしは六十余
年のむかし

よく声の透る冨樫氏に案内《あない》され雨の最上の疾《と》き流れ見つ

団栗の散りぼふを踏みて上り来つ「虹の断片」の歌碑立つ丘に

群山の雲は霽れむと眼下《まなした》に最上の川は濁りつつゆく

眼下に蛇行してゆく最上川光りつつ遠きは雲に紛るる

最上川の上空に雲動きつつ雨やみていまだ虹の生れざる

大石田ここに別るるトンネルのあたり八重葎《やへむぐら》繁れるあはれ

意　志

晩節を汚さじとする師のことばわれは尊ぶ淋しくはあれど

「表現」の選者を委ねられし身は思ふに師より十年若き

師の許《もと》にまなび携へて五十年写生の道はさら
にはるけし

三十名ここに生存のメッセージ探索ドリルの
刃に結びしか　　チリ鉱山奇跡の生還四首

気温三十度湿度九十パーセント地の底に半裸
の男らありき

地の底に互《かたみ》に思ひ遣る仲間神に祈りのときを
共にす

地の底に誰もが失はざりし意志生きて地上へ
家族の許へ

師逝く

凩に枯葉散りつぐ日のま昼師の永眠の知らせうつつに

くり返し尖閣の海映る日を筆とりて師を悼む文《ふみ》かく

拙けれど淡墨に認《したた》めゆくことばいま悲しみの
鎮めがたきを

テロ防止厳戒中の横浜を師の告別の式へ参り
来《く》

悲しみと緊張に身は震へつつ写真《うつしゑ》のみ前に弔
辞読みたり

白菊を師の霊前に捧ぐるに写真《うつしゑ》の眉《まみ》優しかりけり

斎場を迷路の如く導かれ師のみ柩に従ひまつる

斎場の庭はささやかに山水を形づくりて紅葉《もみぢ》照りゐつ

師のみ骨拾ひまゐらせし身を乗せてバスは短きトンネルを過ぐ

わが歌の道のおよそは師の許に導かれ写生のこころ学びし

編集を手伝ひし日々いま恋《こほ》し座卓に先生と並び坐りき

先生の住居《すまゐ》の二階に案内され「海ほたる」かすむ海を見にけり

編集に通ひにし日々の追憶に辛夷咲く春木槿《むくげ》咲く秋

山茶花

いたづらに伸びたる薔薇の枝先に紅一輪の花《はな》弁《びら》ひらく

柿の実の朱はいま無し剪定を終へし梢のうへの冬空

剪定を終へたる庭の明るさよ一つ木守柿に鶇も来ず

紅葉《こうえふ》は散り尽せれど狭庭辺にうす紅《べに》きよく山茶花の咲く

山茶花の垣近く郵便受けあればけふも花びら散りたるを踏む

いのちのこと頻りに思ふ師走にて大腸内視鏡検査受けたり

腹《はら》の内《うち》を探らるる感覚残れれど問題なしと聞けば安らぐ

中学生になりし七海《ななみ》の新体操ビデオに見れば技《わざ》に切れあり

平成二十三年

光の中に

慣《ならひ》なるわが初詣で神域の光の中に身は障《さや》りなし

師のこころ継がむ願ひに年明けて身に差すひかり常ならめやも

年賀状心づよくて「表現」の一人《いちにん》の意志を幾《いく》人《たり》しるす

賜はりし賀状に見たり「表現」のこれからに期待するとふことば

朝しばし訪れのごとふる雪は庭の枯芝を白く
浄めつ

七度をめぐり来しわが干支《えと》の春われに風雪の
人の世過ぎぬ

母もわれも卯年の生れ思ひ出づるわが家にア
ンゴラうさぎ飼ひゐし

天の茜

礒先生の追悼の文書かむためまつさらの原稿箋に真向ふ

師の歌集歌書年譜など諸々を机上に追悼の文滞《とどこほ》る

意識なき父君の辺《へ》に紡《つむ》ぐごと詠みたまひしか
大石田の歌　　結城千賀子氏四首

歌人として一生《ひとよ》終へゆく父の辺に君は詠《うた》ひき
こころの虹を

先生の臨終のときの夕茜君は詠《うた》ひき父の娘《こ》と
して

ひとすぢに父君の遺志継ぐ君に天の茜はおご
そかなりき

ふるさとの雪

ヘリコプター轟きゆけばガラス戸が共振のご
としばし鳴りたり

ヘリコプターの轟音を殊に怖れにし亡き妻思ふ病みしこころを

妻逝きてやがて十年か朝のパン昼の麵食にひとり慣れたり

火山灰降り積める街白杖《はくぢやう》のひとに点字ブロックいづこ

わが生《あ》れし日の積雪は五尺とぞ老いて恋《こほ》しむ
ふるさとの雪

テレビニュースに鮮明に白き雪見れば「今《いま》
庄《じやう》」懐かしき名の町の雪

迫真のテレビ映像の雪の量《かさ》屋根の雪下ろす人
の危ふく

瓦礫の下に

大き地震《なゐ》揺りしクライストチャーチの街妻と
旅せしは十四年まへ

クライストチャーチの黄葉《もみぢ》散る苑のエイボン
川の辺《ほとり》歩みき

美しき庭は黄葉《もみぢ》の頃なりきホワイト家にランチ戴きし旅

外語学ぶ志たかき少女《をとめ》らが地震揺りし街に行方不明ぞ

地震のあと行方知れざるひと数多顔写真見るにその若さあはれ

崩壊せしビルの瓦礫の下にゐて終《つひ》の際《きは》までメール打ちしか

右脚を斬りていのちを救はれし若者は空港に着きて語らず

大き地震にビル崩落は須臾のこと生死分けたるその運命《さだめ》はや

地震に津波に

身構へてテレビ情報見守るに加速度的に揺れ
強まりつ

この地震ただごとならず非常持出袋《ザック》より小さ
きラジオ取り出す

娘ふたりの声きくみんな大丈夫電話通じしは
まさに救ひぞ

津波警報出でて間もなし岩手宮城沿岸に津波
到達のころ

津波いまあはや防波堤越えむとしかもめ激し
く波の上飛ぶ

街なかに激流となる黒き津波船も車も浪に乗せゆく

たまゆらのことと聞きたり患者らはベッドごと波に呑まれ去りしと

最後まで避難呼びかけし未希さんの声は津波の海へ消えたり

南三陸町　遠藤未希さん

海近きタンク群より立つ火群《ほむら》朱のかがやきを
黒煙つつむ

時おきて感ずるは余震の揺れならむ顔上げて
庭の紅梅を見る

テレビはいま金町浄水場を映しつつ乳児に水
を飲ますなといふ

ヘリコプターが投下せる水の白き霧核燃料保
管プールに散りつ

吹雪くなか写されし原発三号機ああこれは何
ぞ言葉を知らず

蜂の巣のごと鉄骨の潰れゐて妖しくも白き蒸
気立ちをり

地震《なゐ》に津波に電源失はれたる闇に原子炉守るとき奪はれき

先の見えぬ暗闇終りなき迷路ここに傷つける原子炉のあり

汚染水十万トンの溢れむとくらぐら瞼の裏に波打つ

原発より七キロここは瓦礫の原白き防護服の
機動隊来つ

発見せし遺体に標《しるし》の赤き旗立てて自衛隊員瓦
礫踏みゆく

あらためて非常用ザックにしまひおく口座番
号などしるす手帳を

いま地震《なゐ》のしづまりし庭白昼の光に荊棘《ばら》の嫩《わか》
葉《ば》萌え立つ

あとがき

歌集『光の中に』は、前著『夏の記憶』につづく私の第八歌集である。本集には、平成十九年春から平成二十三年春までの作品五百五十首を収録している。

この間の私の生活は、前歌集の特徴であった「健やかな老の歌」の延長上にあり、妻亡きのちの独り暮しは十年に達した。私は娘や孫たちに支えられている自覚のもと、地元の高齢者クラブのリーダーを努めると共に、私の住む葛飾区の葛飾短歌会の会長を引き受け、区の文化活動の一環としての短歌講座を受け持ってきた。一方、私の所属する「表現」における立場も責任あるものになった。

「表現」主宰、礒幾造氏の先師、山口茂吉の没後五十周年を機に、斎藤茂吉とその高弟、山口茂吉について、表現会員として見識を深める諸行事が相次いだ。特に、平成二十一年十一月、山口茂吉の故郷、兵庫県多可町加美区清水（旧杉原谷村）を探訪する表現全国大会が実施され、山口茂吉の生家、墓所を尋ね、歌柱の立つ道を巡った。また平成二十二年九月には、上山市金瓶、大石田町を訪れ、斎藤茂吉の生家、菩提寺を始め、『赤光』『白き山』のあとを尋ねた。まさに両茂吉の故郷に歌境の源を探り、師系について認識を深めたのである。「表現」は平成二十三年六月に創刊五十周年に達したが、それに先立つ平成二十二年秋、礒幾造主宰は「表現」の編集発行を長女、結城千賀子に托され、私は選者を仰せつかった。そして同年十一月八日、礒幾造先生は九十三歳の天寿を全うされたのである。

「表現」創刊五十周年の近づく春、東日本大震災の惨禍に日本全土が震撼した。そして六月、通巻六百号の「表現」誌上に、私は、「作歌は、人生の風雪に耐え、逆境を乗り越える力を与えてくれることを、私達は自覚してきたし、今こそその力を信じるときである。私達は、先師の志を継ぎ、伝統の『生を写す』ひとすじの道を、一歩一歩進んでゆくことを誓い合いたい。」と記した。

本歌集名『光の中に』は、集中の歌「慣《ならひ》なるわが初詣で神域の光の中に身は障《さや》りなし」から採っている。師亡きのちの「表現」を支えてゆく新しい年の決意と己の健康に対する自祝の歌である。そしていま、大震災から復興への道に携わるべき日本国民の一人として、希望の光を願う心のことばでもある。

本集の出版について、種々ご配慮いただいた現代短歌社の社長道具武志氏、今泉洋子氏に厚くお礼申し上げる。

平成二十四年四月

木　下　孝　一

著者小歴

昭和２年１月18日　福井県敦賀市に生まれる
昭和22年　北陸アララギ「柊」入会
昭和23年　「アララギ」入会
昭和36年　「表現」入会
現　　在　「表現」選者　現代歌人協会会員
　　　　　日本歌人クラブ会員　日本短歌協会会員
　　　　　「斎藤茂吉を語る会」会員　葛飾短歌会会長
既刊歌集　『青き斜面』(昭・49)　『遠き樹海』(昭・55)
　　　　　『白き砂礫』(昭・62)　『木下孝一歌集』(平・１)
　　　　　『光る稜線』(平・６)　『風紋の翳』(平・10)
　　　　　『風に耀ふ』(平・15)
　　　　　『夏の記憶』(平・19)　平成20年度日本歌人クラブ
　　　　　東京ブロック優良歌集賞受賞
評 論 集　『写実の信念』(平・13)

歌集 光の中に　　表現叢書第98篇

平成24年６月15日　発行

著　者　木 下 孝 一
〒125-0061 東京都葛飾区亀有5-11-14
発行人　道 具 武 志
印　刷　㈱キャップス
発行所　**現代短歌社**

〒113-0033 東京都文京区本郷1-35-26
振替口座　00160-5-290969
電　　話　03 (5804) 7100

定価2500円(本体2381円＋税)
ISBN978-4-906846-08-5 C0092 ¥2381E